U0931603

前言

《電影夢工場》為各位讀者搜羅了類各經典電影，將其改編成生動有趣的漫畫，加入許多搞笑幽默的劇情，保證能夠為你們帶來嶄新的體驗！

讓Q小子以及動物村朋朋友們，合力演出《星球大戰外傳》、《超貓回歸》、《Q版跟着衣櫃去旅行》、《蜜蜂電影》、《書中自有鬼怪group》等精彩萬分的電影名著！繼續歡笑連場！

目錄

星球大戰外傳

星球大戰外傳

咦？
這小孩子彷彿在
練習「原力」！

小孩子，
你在幹甚麼？
為了
要對抗
邪惡！

是個天生的
「絕地武士」！
錯不了！

盧克！
別偷懶！

馬老師，
我以後不敢了！
以後再敢說我
「邪惡」，就罰你
站到天光！

星球大戰 外傳

星球大戰外傳

星球大戰外傳

1
如果指揮官下令向我開槍，你們會怎辦？

2
軍令如山，我們照辦！

3
不！我不會向你開槍！

4
終於有人明白，我的性命比軍令重要！

5
向其他人說一說，你不開槍的原因！

6
我是炮兵，只會向你開炮！

星球大戰外傳

為了對付絕地武士的叛軍，我要招募新兵！

看來你的體格沒問題，可以加入帝國衛隊！

但我是個大近視……

若要開槍，我會看不清目標！

好吧，免你拿手槍的工作……
在大後方做文書工作？

不！拿刀劍上前線肉搏！

星球大戰外傳

星球大戰外傳

你為甚麼
總是穿一身
黑衣呢?

黑衣，
代表黑暗
力量……

黑衣可
以隱沒在黑
暗中……

偷襲
很方便！
可是，
你用甚麼
武器呢？

當然是
用光劍！

照得光如
白晝，怎樣
偷襲呢？

星球大戰外傳

星球大戰 外傳

1
報告！我已經
發明了比光速
快一萬倍的
飛行器！

2
立即
試試看！

3

4
回來了！

5
果然夠快！
可是為甚
麼你沒預計
到後果！

6
比光速更快，
就會時光倒流呢!!

星球大戰外傳

報告！我們的航道上有不明物體！

叫他轉向不就成了嗎？

我已再三叫他轉向，他就是不肯！

告訴他，我是銀河黑帝，命令他轉向！

他怎麼說？

他說：你有種就撞上來，我是個導航衛星！

星球大戰外傳

1
我很心急剿滅軍隊，幾時才到達前線？
大概要一個多月……

2
這種戰車真是慢吞吞!!

3
數日後
好消息！

4
明天就到達前線了！

5
我軍的行軍速度因何突然神速起來？

6
並非我軍神速，而是前線向我們迅速靠近！

星球大戰外傳

他們已經大戰
三日三夜，誰的
體力較好呢？

星球大戰外傳

1
喂，你胸前的按鈕是甚麼玩意兒？

2
不告訴你！

3
老公！

4
我約了一班姊妹去「掃貨」，快過來讓我提款！

5
哈……！原來是個人肉提款機！

星球大戰外傳

若干年後……

咦？很久不見！

你近況如何？

別提了！我除了
作戰，甚麼都不懂，
至今仍未找到工作……
你呢?

幸好我們的
專長在和平時期
也有用處！

開鎖配匙
來幫我
工作，怎
麼樣？

星球大戰外傳

別動手！
你知我是
誰嗎？

A博士？
!

在以前的Q版大
電影中，我從來未
出過場，有讀者
為我不值……

所以，在這
套電影中，我做
了主角！

The End

超貓回歸

超貓在若干年後終於回歸地球，然而地球社會經過多年變化後，似乎已有一套新法則，是否還需要超貓呢？

果然是你！

你每次降落都
是這樣，令我很
心疼！沒有更好
的方法嗎？

不必為我心疼！
我是超貓不會有
事的！

我是心疼我的
農作物，又被你
毀了一大片！

你無聲無色
失蹤了一段日
子，究竟到哪
裡去了？

自從我知道我是天
貓星人，我就想回去
看看．．．．原來天貓星
並未全部被毀滅……

而且仍有同
類在那兒居住！

於是我留下
來，不經不覺
住了數年！

那你為什麼
又要回來？

唉！別提了！在地球上，
我是最強的，但在天貓星
上，我卻是最弱的一個‥‥
所以還是回來比較開心！

地球日報

老總！我
回來了！

太好了！正
好我們缺記者
，但不知你幹
不幹得來？

我是萬能記者，無論
政治、經濟、教育、突
發……樣樣皆能！

除了當狗
仔隊！

另一方面，壞人出場了……
這是我偷來的外太空水晶石！

我可以操縱它，使方圓５００里之內的地方造成電力、電訊癱瘓……

救命！我們困在電梯了！
哎！停電了！怎麼一回事？
電話也打不通！
電腦像中了病毒一樣！
後備發電機也啓動不了！

果然厲害！可是……

我們也因停電而困在這地下室，又沒空調、又沒食物！

哇！要墮
機了!!

別擔心，
超貓
來了！

你們安全了！這
是我的份內事，
不必謝我！

當然不會謝
你！我們的機
票是到夏威夷
去的！

為人為到底，
這才像話！

HELP!

有人需要幫
助，快變身！

為何跑了這
麼久還不見
有電話亭？

請問附
近有電話
亭嗎？

現在是廿三世
紀，打電話不必
去電話亭的！
看來我離
開地球太久
了。

唉！沒有更衣的地方，傷腦筋！

有了！

有沒有搞錯！
等了10分鐘！

吓？還要把這裡當作衣櫃?!

超貓來
了！

碰

野豬
探長?

別走!
我們要抓
的疑犯呢!

我就是
力大無窮
的超貓！

我一根手指
頭就可以停止
高速行駛的火
車！

厲害
吧？

這有什麼
困難？我爸
爸也行！

你爸爸
也有超
能力？

不！我爸
爸是火車司
機！

我回來了！
!

你……你終於回來了！你知不知道，我們有了孩子？

真的？

等一等，真的是我的孩子，沒有搞錯嗎？
有你的遺傳，怎會搞錯?!

孩子有我超能力的遺傳！
對不對？

抱歉，目前孩子只有你胡里胡塗的特質！

我把外太空水晶射入海中，可以製造一座小島出來！

超貓來了！

哈哈！你以為可以對付我？這島上的磁力，可以使你失去超能力！

根本不必我動手，自然有人來對付你！

現在控告你非法填海！

又到我收拾
殘局的時候了！

到外太空
去吧！

你幹了
什麼好
事？

我剛買了那小島
來發展地產，現在
什麼都沒有了！

我嚴重睡
眠不足……

因為每晚都要出動拯
救世界……

每晚戰鬥
至天光？

也不！只三
數回合我就把
壞人搞定了！

那你可
以安心去
睡覺啦！

不成！打敗了
壞人，怎可不通
宵達旦慶祝？
The End

Q版跟著衣櫃去旅行

行過路過，
不要錯過!!

千載難逢，
不看是罪過！！

大師阿賈
飄浮術！

嘿！這不過是騙人的把戲啦！

讓開！

他根本沒有飄浮，而是坐在特製的椅子上。
椅子經過著柺杖連接到地上鐵板。他穿這種衣服和放這地毯就是為了掩蓋這機關！

一拉
看吧！

騙子！
我跟你有仇嗎！

為甚麼要
「踢爆我」？
跟你有仇嗎？
對！因為這機
關是我發明的，
這裡是我的地
盤！我的專利！

原來是行
家！

走吧！幸好已
經收了錢！

終於儲夠錢去
「朝聖」了！！

朝聖？是哪
一個宗教聖
地？

呵呵，我這聖
地是非宗教的！

明白！我的
聖地是巴黎
鐵塔！
我的是
自由神像！

我的是瑞典的I
KEA！

傻的嗎？印度也有IKEA呀！
要瑞士糖不
用去瑞士
呀！我有!!

瑞典瑞士傻
傻分不清！
A博士麻煩
你來講一講。

瑞士為中歐或者西歐國家之一，1815年成為永久中立國，即是絕不參與戰爭。瑞士著名的有瑞士軍刀、手錶、巧克和她的銀行保密傳統。
瑞典是北歐四國之一，也是永久中立國。著名的展品有瑞典臭魚、H&M服裝、達拉木馬和金球最大家具商IKEA。對了，在瑞典還可以看到極光！

IKEA
我來了！

艾爾姆胡爾特
(瑞典第一家IKEA)
IKEA
IKEA
終於！

是真正的
KIVIK系列
梳化！

?

各位別眨眼，看本小生如何追女仔！
要訣是膽大心細，臉皮厚！

HONEY，我放工回來了！
今晚吃甚麼？不是昨晚的隔夜豆腐吧？
!!

老婆不如今晚出
街吃餃子…
變態佬！！
黐線佬！

踢！

啊！！！

出來！

IKEA

現在的偷渡手法真
是層出不窮！

報告！又
發現一批
難民！

媽媽
我們要
去哪？

這麼辛苦
逃出來，難
道要被遣返
回國？

最高當局說，
不可再接受難
民了！
喔！要我自
己想辦法？

誤會了！貨
物送錯地
方……
你們回去衣櫃
再睡一覺吧！

早晨！請問
這是哪裏？
西班牙！
太好了！我
想參觀聖家
教堂！

想得美！
過主啦！

送錯貨！送去
葡萄牙吧！

葡萄牙？我想
看鬥牛！
鬥你個頭！

等等！至少讓
我吃個葡撻…

啪！

終於…
歡迎來到丹麥，你可以在此定居。

不行！我已情訂瑞典女孩…

冤家你去了哪？
我等你很久了！！
妄想症

入境
這樣不行…

瑞典

入境
出境
這幾箱衣服價值過千萬，有甚麼損 失你們賠不起！

砰！
小心！這箱衣服很貴的!!
貴又如何?!最看不順眼是土豪！

碰！

碰！

我前世是不是跟衣櫃有仇？

現在非但沒有
女朋友……
而且流落異
鄉又沒人投
靠……
身無分文連家
也回不了！

簡直是…
流落異鄉慘過人，
冇人冇物好頭痕！

咦？
不錯啊？
想不到我竟
有做詩人的
天份！

即席揮毫！

糟！
沒紙

……
有辦法！

完成！
流落異鄉慘過人
有人有物射頭痕

簡直是藝術！
太令人感動了！

看來可以藉此
鯉魚翻身！
自家品牌
一舉成名，賺個盤滿鉢滿！！

啪！
啪！
流落異鄉慘過人
有人有物射頭痕
噹！

一百萬！
賣給我吧！
世上能得一知音，死而無憾了！
站住！前面的印度仔！
把手上的錢交出來！！

沒想到瑞典治
安這麼差！警
察也搶劫?!
有救了！
Bye Bye～

大地在我腳下～！

有錢，空氣也
特別清新～

砰！！

把錢還來！

貨物出門恕不退換！
你不會以為真有人會買那件爛衫吧？
只是借你「過橋」引開警察，現在快把我們兄弟打劫的辛苦錢交出來！
NOOOOOO…

你們欺負人家～～

IKEA
IKEA
不知不覺…
又回到這裏…

我要重頭來過！這次一定要順利～！！
你在幹甚麼?!快放手！
The End

Q版大電影
Q版
蜜蜂電影

一隻新晉小蜜蜂努力融入蜜蜂界生活，卻意外發現種種奇怪現象。採得百花成蜜後，為誰辛苦為誰甜？於是決定為蜜蜂們爭取平權....

根據一切已知的
飛行法則……

蜜蜂那對細小的
翅膀,理應不足以讓
他起飛的……

我們蜜蜂
才不理會那些
無聊法則！

而根據遺
傳學的法
則……

蜜蜂是不會長
出一張貓臉的！

畢業了！終於可以投身社會工作！

值得高興嗎？我們蜜蜂一輩子只能做一份工作，你就甘願打一輩子的工嗎？

當然不願意了……
那怎麼辦？

這……只要勤力一點，就有晉升的機會嘛！

升了職又如何？

只會要你做更多的工作……

你心目中有
理想的職業
嗎？

當然有了！
你看那些採蜜
特攻隊……

既威風又有型，又
能在蜂巢外自由自在
地翱翔……
難道你不嚮
往這麼自由的
工作嗎？

但採蜜是
運輸行業
啊……
這有甚
麼關係？

我媽經常說，
少時不讀書，大
時做運輸……

拍檔們，這小子想成為我們
採蜜特攻隊一份子，今天就帶
他去實習一下。
請多
多指教！

這小子瘦巴巴
的，能應付得來
嗎？
沒問
題，我飛
得很出
色啊！
這與飛行能力
無關……

好了好了，
是時候開工了,就
讓他親身體驗吧！

終於到
午飯時間
了……

牛前輩，
你在吃甚
麼？

草…
但你是隻
蜜蜂呀！

應該要像
河馬前輩一樣
喝蜂蜜！

你以為他在
喝蜂蜜？他在
喝酒啊！

他們一點蜜蜂的本性也沒有！
真的啊！

糟！下雨了！

蜜蜂翅膀沾了水就飛不起……要趕快逃！

呼！幸好貓的平衡力夠好……

怎麼這裡會
有隻蜜蜂？

抱歉…因為外
面很大雨……

對……對
不起，我突
然…說話嚇
倒妳嗎？

不，嚇倒
我的…是你那
張貓臉……

一般人都
怕蜜蜂，妳
不怕嗎？

我是開花店
的，經常會接
觸到昆蟲，當
然不怕啊！

那…妳可以
與昆蟲能成為
好朋友嗎？
當然可以！

呃…也許…
蟑螂例外吧……

喝杯咖啡吧！
要加點蜜糖嗎？

蜜糖？為甚麼你會有蜜糖？

超級市場可以買得到……

但蜜糖是我們蜜蜂製造的呀！為甚麼你們可以擅自拿來買賣？這不是偷竊嗎？

但你們也不見得高尚，蜜糖也是你們從花朵中偷採出來的！

我一定要
查個清楚！

你怎樣了？
沒事吧？
沒事…

你是被迫在
這種環境下工
作的嗎？
不…
我是自
願的…

甚麼？

自從政府全面
禁煙後，我就很少
吸到二手煙了，所
以特地到這裡工
作……

你就是這個
蜂園的主人？

對，有
何貴幹？

這是律師信，
我代表蜜蜂界正式
控告你！
慢著，為甚
麼要告我？

因為你強迫我的同
胞超時工作、剝削工
資，又無半點福利！

怎會沒有福利呢？
我們不但免費提供食
宿……而且我們的蜂園
叫蜜蜂豪園」，
是豪宅呀！
蜜蜂豪園

辯方代表狐
狸先生，你對
蜜蜂們的控告
有何解釋？

法官大人，
在下感到十分
荒謬！對方不過
是隻小蜜蜂，有
甚麼權力去控告
我們這些高等
動物呢？

還要利用法律援助…
根本是浪費我們納稅人
的時間和金錢！
哼！這些
蜜蜂整天圍著
我們的食物及垃
圾飛來飛去，
傳播病菌！

抱歉，辯方
代表，你所說的
是蒼蠅。

那……整天都
在吸我們的血！

那些是蚊！
哈哈～

狐狸先生恃著自己的勢力，任意勞役我們的同胞……
還肆意奪去我們辛苦製成的蜜糖圖利，天理難容啊…法官大人！

証據確鑿，現判蜜蜂勝訴，所有蜜糖商須將全部蜜糖歸還給蜜蜂，退庭！

老闆，你高興甚麼？

我平生第一次上庭不必坐牢，難道不值得歡呼嗎？

自從你們蜜蜂勝訴，得到大量蜜糖後，就全民退休……但沒有你們傳播花粉，花草植物都幾乎死光啊……

這……我會想辦法補救的！

我們已經退休了……
花粉傳播已經與我們無關……
沒錯沒錯！

若植物都死光，就沒有嫩草、酒和水果的了！

好！採蜜特攻！出發！

還以為真的能
提早退休……

為植物傳
播花粉是我們
的責任嘛！

為了履行我們
蜜蜂的責任，我
們仍是要不停
工作……

結果你那場
官司為我們爭取
了甚麼？

這……至少爭
取到「採蜜特攻」
改名為「播種特
攻」啊…

對，由運輸行
業變成「人工受
孕醫師」！

書中自有鬼怪group

　　神秘大宅中的古書一被打開，妖魔鬼怪便會被釋放出來。眾多邪魔空群而出，然而可以收服他們的神秘打字機卻被毀了....

搬來這個
鳥不下蛋的
地方
好悶
啊！

Hi
這位
新同學！！

我叫安娜，是校內
專門輔導新同學適
應新環境的……

你覺得悶，就
來我家中吧！

乖女呀妳真行！
又找到一個呆瓜
為我們剪草了！

我爸爸是作家，
但他的手稿從來
都不讓我看。

這個……
我了解！

你了解？
因為我也
是這樣！

我寫愛
情故事，人
家以為我寫
笑話……
我寫喜劇，
人家以為是悲
劇……所以我都
不讓別人看了！

哼！我
爸可不是
這樣！

我又想到
一個他不給
你看著著作
的理由！
是什麼？

兒童不宜！！

砰！
竟敢詆
毀我父親
寫三級小
說！

讓你親
眼看看我
父親的著
作！

喔！還要
上鎖呢！真
厲害！

打
開

噠

哇！發生
甚麼事?

呵呵呵
呵呵呵……
我自由了！！
數碼西遊的魔帝怎麼跑來這裡？
?

喂！你們有當我存在嗎？！至少要有驚恐的表情才算禮貌吧！

殊！

看看你後邊！

亂闖平
行時空?
回來！
回到我們
的數碼西遊
世界！

我爸專寫驚
險鬼怪小說，
後來發覺筆下
人物都會動起
來，所以要把
所有書本鎖
上……
這麼厲
害？我有
好主意！

快去央求你
老爸寫下今期
的六合彩？
財迷
心竅！

他們就這樣
跑開了，忘記
合上書本……

呵呵呵…
我就是恐怖
大魔王！
關了我這
麼久，我很憤
怒！我要毀滅
這個世界！
來來來，
鬼節的朋友全
部出來呀！

怎會這樣？不是我的原班人馬？！
中國也有鬼節的，你有種族歧視嗎？

總之，我
是大魔王，
是你們的波
士！
波士？你
算老幾？傻
的嗎？

看你的樣
子，就像那個
說謊鼻子會變
長的木偶！

你不知道我的
厲害，我一根指
頭就可以毀滅世
界！

哈哈！鼻子
果然長出來了！！

這麼吵！
誰在這
裏？

搶！

哈哈！搶得到，畀錢你買紅棗！

殭屍軍團，
出來吧！
嘿 嘿

HELP!

你老
爸發甚麼
神經？
可能半夜
睡不著，跑步
減肥？

嘲

哇~哇~哇~

老爸，現在怎麼辦？
解救方法，是儘快取得我的古董打字機！
咄！應該用硃砂筆和黃紙寫符咒嘛！打字機有屁用？

你懂什麼？！用我的古董打字機再寫一本鬼怪書，就可以吸他們進去！

Excuse me
是不是這部打字機？

對啦！對啦！
小朋友你真可愛！拿來給叔叔吧！

呵呵呵!!

糟了!

抓住他
們!!

我們就
只能一直這
樣的逃嗎?
沒法啦!
我的打字
機被他弄散
了!

問:Google大神如
何對付中國殭屍吧!

大神說:劃符咒
貼在殭屍額頭…
?

我是作家，可
不懂劃符！
有了！

說到劃符，
你是最佳人
選！
我？
why?

老師說你寫字
像「鬼劃符」嘛！

我隨身
帶有紙筆，
快～劃符鎮
鬼！
新世代都不帶
紙筆，幸好有你這
老餅！

鬼都怕

來得好！
剛剛劃完！

你的符鑾有功效喔！
失禮！失禮！！
呃！

慘了！你的
鬼劃符使他進
化為吸血鬼
2.0！

沒救了！
地球要毀滅
了！！

不！進化2.0使我
想起，你沒有古董打
字機，可以在手機寫
網絡小說的呀！

從前，有個
自稱為大魔王
的木偶……
和一
群殭屍…
……
他們想毀滅地
球，但幸好有守
護地球三人組…
……

寫好了！

好！
來吧！！

透過網絡，我們可以擴散到更多地方啊！

呵~呵~呵~

鬼怪 Group
已在網路擴散，
會令人魂不守舍，
大家要小心了 !!!

再會!!

世紀文化有限公司
Century Culture Ltd

訂閱白貓黑貓圖書目錄

全部圖書　特價五折起

購滿 300 元或以上　免順豐速遞費用

優惠價直至2025年8月底

馬老師特別推薦

書名	原價	五折	
《趣談百家姓》上冊	$ 78	$ 39	☐
《趣談百家姓》下冊	$ 78	$ 39	☐

鼓勵小朋友多動腦筋多思考

IQ 動腦筋系列（漫畫）

書名	原價	五折	
《IQ 格鬥王》	$ 48	$ 24	☐
《IQ 闖關王》	$ 48	$ 24	☐
《腦筋大激活》	$ 48	$ 24	☐
《Q 小子勇戰數學大魔王》	$ 52	$ 24	☐

調查校園內發生的各種離奇古怪案件

校園小偵探（漫畫）

書名	原價	五折	
《魅影驚魂》	$ 48	$ 24	☐
《時空交錯的匿名信》	$ 48	$ 24	☐
《快樂特派員》	$ 48	$ 24	☐

漫畫通通識系列

書名	原價	五折	
《發明通通識》	$ 48	$ 24	☐
《人體通通識》	$ 48	$ 24	☐
《環保通通識》	$ 48	$ 24	☐
《大自然通通識》	$ 48	$ 24	☐
《妙趣新知通通識》	$ 48	$ 24	☐

藍地球系列（漫畫）

書名	原價	五折	
《千奇百怪藍地球》	$ 55	$ 27	☐
《神秘地帶藍地球》	$ 55	$ 27	☐
《海底奇兵藍地球》	$ 55	$ 27	☐
《世界之最藍地球》	$ 55	$ 27	☐
《動物王國藍地球》	$ 55	$ 27	☐
《蟲鳥世界藍地球》	$ 55	$ 27	☐

訂閱白貓黑貓圖書目錄

馬老師特別推薦

喜愛繪畫的小朋友，照着馬老師的繪畫錦囊，循序漸進就會成為一個小小漫畫家！

書名	原價	五折	
《從塗鴉到藝術的繪畫錦囊》	$ 65	$ 32	☐

別開生面之科幻推理偵探小說
屢屢獲得香港閱讀城十本好讀獎項

傻貓神探（圖文故事）

書名	原價	五折	
《鬼屋請柬》	$ 58	$ 29	☐
《魔幻郵輪》	$ 58	$ 29	☐
《怪石傳說》	$ 58	$ 29	☐
《魔島探奇》	$ 58	$ 29	☐
《雪人部落》	$ 58	$ 29	☐
《瑪雅戰士》	$ 58	$ 29	☐
《網遊怪客》	$ 58	$ 29	☐
《巫女之城》	$ 58	$ 29	☐
《恐龍謎蹤》	$ 58	$ 29	☐
《勇破水晶宮》	$ 58	$ 29	☐
《逆天行動》	$ 58	$ 29	☐
《驚世密碼》	$ 58	$ 29	☐
《智擒吸血鬼》	$ 58	$ 29	☐
《核電危城》	$ 58	$ 29	☐
《隱形怪盜》	$ 58	$ 29	☐
《諸神黃昏》	$ 58	$ 29	☐
《塞維利亞的夢魘》	$ 58	$ 29	☐
《維也納音樂幽靈》	$ 58	$ 29	☐
《紅狐怪盜》	$ 78	$ 39	☐
《反轉元宇宙》	$ 78	$ 39	☐

輕鬆活潑走
進歷史文化
旅程

漫畫歷史文化系列

書名	原價	五折	
《爆笑三國》	$ 65	$ 32	☐
《趣學中國近代史》	$ 65	$ 32	☐
《歷史名城時空遊》	$ 65	$ 32	☐

中英雙語趣味學習
由天文地理以至動物植物包羅萬有

趣學通識（中英雙語漫畫）

書名	原價	五折	
《神奇植物》	$ 48	$ 24	☐
《動物世界》	$ 48	$ 24	☐
《星際天文》	$ 48	$ 24	☐
《地理探奇》	$ 48	$ 24	☐

以名人為榜樣
培養堅毅勤奮
自勵奮鬥精神

世界名人系列（漫畫）

書名	原價	五折	
《名人勵志人生小故事》	$ 65	$ 32	☐
《名人智慧人生小故事》	$ 65	$ 32	☐
《名人奮進人生小故事》	$ 65	$ 32	☐
《名人成功人生小故事》	$ 65	$ 32	☐

訂閱白貓黑貓圖書目錄

生活筆記系列（漫畫）

書名	原價	五折	
《Q 小子生活筆記》	$ 48	$ 24	☐
《動物村生活筆記》	$ 48	$ 24	☐
《貓之事件簿》	$ 48	$ 24	☐
《低頭族看過來》	$ 48	$ 24	☐
《100% 成功秘訣》	$ 48	$ 24	☐

世界名著（圖文故事）

書名	原價	五折	
《OZ 國歷險記》	$ 52	$ 26	☐
《小飛俠 Peter Pan》	$ 52	$ 26	☐
《格利佛遊記》	$ 58	$ 29	☐
《木偶奇遇記》	$ 58	$ 29	☐
《聖誕盒子》	$ 58	$ 29	☐

西遊世界歷史大冒險系列

書名	原價	七折	
01《誰是露西》	$ 48	$ 33	☐
02《文明起源》	$ 48	$ 33	☐
03《金字塔歷險記》	$ 48	$ 33	☐
04《出埃及記》	$ 48	$ 33	☐
05《印度之旅》	$ 48	$ 33	☐
06《羅摩王子與神猴》	$ 68	$ 47	☐
07《決戰巨魔》	$ 68	$ 47	☐
08《普羅米修斯》	$ 68	$ 47	☐
09《木馬屠城》	$ 68	$ 47	☐

新書介紹

書名	原價	七折	
《奧林匹克》	$ 68	$ 48	☐
《又到聖誕又到聖誕》	$ 68	$ 48	☐
《中國傳統節日》	$ 68	$ 48	☐
《鬼怪大電影》	$ 68	$ 48	☐

1. 請計算要訂購的圖書金額
2. WhatsApp 6565 9722 聯絡我們
3. 線上付款 PAYME / 轉數快

PayMe QR Code  轉數快： 6565 9722

4. 所訂書籍將會由順豐速遞送上

我們製作了益智有趣的視頻放在YouTube

你可以在YouTube上搜尋

馬星原X方舒眉 白貓黑貓

就可以看到我們的視頻啦

馬星原

香港著名漫畫家，水墨畫家。
興趣廣泛、創作範圍極廣，於時事漫畫、歷史漫畫、傳記漫畫、幽默生活漫畫及兒童益智漫畫等皆有涉獵。
所創作的白貓Q小子，其卡通雕像分別樹立於九龍公園及香港灣仔會展金紫荊海傍，成為代表「香港動漫人物」之一。

電影夢工場-02

漫畫　馬星原
編輯　世紀文化編輯室
美術及製作　白貓黑貓工作室

出版　世紀文化有限公司
香港上環德輔道西 27 號
星衢商業大廈 6 樓 A 室
電郵　centuryculture@yahoo.com.hk

2025 年 7 月初版
國際書號 ISBN 978-988-8940-39-4